Gloria,

la fée de la danse sur glace

D1421542

Pour Catlin Kennedy qui déborde de magie féerique
Un merci spécial à Narinder Dhami

Catalogage avant publication de Bibliothèque et Archives Canada

Meadows, Daisy

Gloria, la fée de la danse sur glace / Daisy Meadows ;
texte français d'Isabelle Montagnier.

(L'arc-en-ciel magique. Les fées de la danse ; 7)
Traduction de: Isabelle the ice dance fairy.
ISBN 978-1-4431-2934-3

I. Montagnier, Isabelle II. Titre. III. Collection: Meadows, Daisy
L'arc-en-ciel magique. Les fées de la danse ; 7

PZ23.M454Glo 2013   j823'.92   C2013-902248-1

Copyright © Rainbow Magic Limited, 2007.
Copyright © Éditions Scholastic, 2013, pour le texte français.
Tous droits réservés.

Il est interdit de reproduire, d'enregistrer ou de diffuser, en tout
ou en partie, le présent ouvrage par quelque procédé que ce soit,
électronique, mécanique, photographique, sonore, magnétique
ou autre, sans avoir obtenu au préalable l'autorisation écrite
de l'éditeur. Pour toute information concernant les droits,
s'adresser à Rainbow Magic Limited, HIT Entertainment,
830 South Greenville Avenue, Allen, TX 75002-3320, É.-U.

Édition publiée par les Éditions Scholastic,
604, rue King Ouest, Toronto (Ontario) M5V 1E1

5 4 3 2 1   Imprimé au Canada 139   13 14 15 16 17

Gloria,
la fée de la danse sur glace

Daisy Meadows
Texte français d'Isabelle Montagnier

Éditions
SCHOLASTIC

Le palais
du Royaume
des fées

La maison
d'Alexandre Vigneault

Le collège de Beauvallon

Le centre
communautaire

La gare de Beauvallon

Sortie

Vous, les gnomes, tenez bien les rubans,
car dans un instant,
le vent soufflera sans merci
et vous emmènera loin d'ici.

Votre mission sera de les garder
afin que toute danse soit gâchée.
Je vous accorde donc dès maintenant
de nouveaux pouvoirs réfrigérants.

Table des matières

Un patin étincelant

— J'ai tellement hâte de voir le spectacle! dit Karine Taillon à sa meilleure amie, Rachel Vallée, quand Mme Taillon dépose les deux fillettes à la patinoire.

La mère de Karine promet de venir les chercher après le spectacle.

— J'adore la danse sur glace! s'exclame Karine.

— Moi aussi, acquiesce Rachel.

Alors que les fillettes entrent dans l'édifice, une voix retentit dans les haut-parleurs :

— Bonjour, mesdames et messieurs! Bienvenue à la patinoire du glacier. Nous avons un merveilleux spectacle à vous présenter aujourd'hui. Préparez-vous à voir tous vos personnages de contes de fées favoris danser sur la glace! Le spectacle commencera dans 20 minutes.

Les deux amies se joignent à la file qui s'allonge devant le guichet.

— J'aimerais savoir faire de la danse sur glace, dit Rachel, rêveuse. Je patine assez bien, mais ce serait formidable

d'exécuter tous ces sauts et ces pirouettes et de patiner avec un partenaire.

— Moi aussi, réplique Karine en riant. Mon amie Justine joue la Belle au bois dormant dans le spectacle d'aujourd'hui et elle est fantastique, avec ou sans partenaire. Allons dans sa loge lui

PATINOIRE DU GLACIER

souhaiter bonne chance avant que le spectacle ne commence!

Rachel acquiesce d'un signe de tête, mais elle prend un air soucieux.

— Comme nous n'avons pas encore retrouvé le ruban de Gloria, la fée de la danse sur glace, le numéro de Justine n'est-il pas en péril?

Karine hoche tristement la tête. Les deux fillettes consacrent leurs vacances scolaires à la recherche des sept rubans magiques des fées de la danse. Le Bonhomme d'Hiver les a

volés afin que ses gnomes maladroits sachent mieux danser. En effet, la magie des rubans garantit que toutes les danses se déroulent bien et fait en sorte qu'elles soient réussies et amusantes au Royaume des fées comme dans le monde des humains. Sans les rubans, rien ne va plus.

Le roi et la reine du Royaume des fées ont demandé au Bonhomme d'Hiver de rendre les rubans magiques aux fées de la danse. Mais ce dernier a jeté un sort qui a propulsé les sept rubans dans le monde des humains, chacun accompagné d'un gnome pour le garder. Les gnomes sont censés rester cachés, mais jusqu'à présent Rachel et Karine ont réussi à récupérer six rubans.

— Pourvu que le gnome qui a le ruban de Gloria soit à la patinoire aujourd'hui,

murmure Karine tandis qu'elles tendent leurs billets à la guichetière. Après tout, chaque ruban est attiré par sa propre danse.

Rachel hoche la tête.

— Oui, j'espère que le gnome est aux alentours, répond-elle. Mon père et ma mère viendront me chercher demain;

nous devons donc trouver le ruban de Gloria d'ici là.

Les fillettes entrent dans l'auditorium.

La patinoire est entourée de gradins. La musique retentit dans les haut-parleurs. Les gens cherchent leur place et s'assoient.

— Allons voir Justine, dit Karine.

Elle conduit Rachel vers les loges.

En entrant dans le corridor, Rachel pousse un petit cri. Elle croit avoir vu quelque chose de vert disparaître au coin. *Serait-ce un gnome?* se demande-t-elle. Elle s'élance dans le corridor.

— Qu'est-ce qu'il y a, Rachel? crie Karine.

Rachel s'arrête au bout du corridor et regarde dans toutes les directions, mais il n'y a aucun gnome en vue.

—J'ai cru voir un gnome tourner au coin! s'exclame-t-elle

quand Karine la rejoint. Mais il n'y a
personne.

— Nous ne pensons plus qu'à ça, dit
Karine. Souviens-toi de ce que la reine
Titania nous a dit : nous devons laisser la
magie venir à nous!

— Eh bien, j'espère qu'elle viendra vite,
soupire Rachel. Ce serait formidable si
on trouvait le ruban avant que le
spectacle ne commence.

Karine et Rachel s'empressent d'aller
jusqu'à la loge dans laquelle Justine et les
autres danseuses se préparent. Quand
elles entrent, Justine est en train de mettre
des épingles dans son chignon. Elle leur
sourit.

— Bonjour Justine, lance joyeusement
Karine. Voici mon amie Rachel. Nous

sommes venues te souhaiter bonne
chance.

— Tu es très belle, dit Rachel en
admirant sa robe blanche
étincelante.

— Merci, répond Justine.
Puis elle baisse les yeux et
ajoute :

— Je veux vraiment bien

danser aujourd'hui, mais ces temps-ci j'ai des problèmes avec l'enchaînement de la Belle au bois dormant. Je n'arrive pas à faire correctement les pas!

Karine et Rachel sont désolées pour Justine. Elles savent exactement pourquoi elle a du mal à bien danser depuis une semaine. C'est à cause de la disparition du ruban magique de Gloria, la fée de la danse!

— Je viens d'apprendre qu'un entraîneur de danse sur glace assistera au spectacle, poursuit Justine en soupirant. S'il pense que j'ai du talent, je serai peut-être acceptée à l'école d'été de l'Académie de danse sur glace. Je veux vraiment y aller, mais si je ne patine pas bien aujourd'hui, je n'ai aucune chance!

Rachel et Karine échangent un regard inquiet. Elles doivent trouver le ruban magique de Gloria avant que Justine ne fasse son numéro de la Belle au bois dormant.

— Nous ferions mieux d'aller nous asseoir, Karine, dit Rachel en jetant un coup d'œil à l'horloge murale. Le spectacle va bientôt commencer. Bonne chance, Justine!

— Oui, bonne chance, répète Karine.

— Merci, dit Justine en épinglant une fleur blanche dans ses cheveux. Karine, pourrais-tu me passer mes patins, s'il te plaît? Ils sont dans le coin juste derrière toi.

— Bien sûr, répond Karine en se retournant pour prendre les patins.

Elle se penche et son cœur se met à battre plus vite : l'un des patins brille d'un éclat bleuté. Au moment où elle le saisit, une petite fée surgit du patin miroitant, dans une gerbe d'étincelles.

Karine la reconnaît immédiatement. *C'est Gloria, la fée de la danse sur glace!* se réjouit-elle intérieurement.

Surprise dans le vestiaire

Gloria volette au-dessus du patin à glace et salue Karine de la main. Elle a les cheveux longs et porte une magnifique robe bleue brodée de paillettes argentées. Ses pieds sont chaussés de minuscules patins blancs scintillants.

Karine regarde rapidement par-dessus

son épaule. Rachel bavarde encore avec
Justine tandis que les autres danseuses
sont occupées à se préparer. Personne
n'a remarqué Gloria.

— Hé! Karine! chuchote la petite fée.
J'ai de bonnes nouvelles! Je sens que mon
ruban magique est dans les parages!

— Vraiment? s'exclame Karine.
Commençons à le chercher tout de suite!

— J'espérais que tu allais dire ça,
répond Gloria en lui adressant un clin
d'œil.

Elle se faufile dans la poche de Karine.
Celle-ci ramasse l'autre patin et les porte
à Justine qui la remercie. Justine
commence à les chausser et dit :

— Si seulement je n'étais pas si
nerveuse!

— Fais de ton mieux,
répond Karine d'un
ton réconfortant.
Rachel et moi, nous
t'encouragerons!

Justine hoche la
tête et lace ses jolis
patins blancs.
Karine et Rachel
sortent de la loge.

— Pauvre Justine!
soupire Rachel en
s'éloignant. Si seulement

nous pouvions l'aider, mais nous ne
savons même pas si le gnome qui a le
ruban de la danse sur glace est ici.

— Si. Nous le savons! lance une voix
musicale.

Gloria sort la tête de la poche de
Karine qui ne peut s'empêcher de rire en
voyant l'expression de surprise de Rachel.

— Bonjour Gloria! dit Rachel en riant.
Le ruban magique est donc quelque part,
par ici?

La fée hoche la tête.

— Nous n'avons qu'à trouver le gnome et récupérer le ruban!

— Oh! s'exclame Rachel. Karine, tu te souviens de l'éclair vert que j'ai cru voir dans le corridor? Si c'était bel et bien un gnome?

— Allons voir, suggère Karine.

Elles s'empressent de retourner là où Rachel pense avoir vu le gnome. Cette fois-ci, elles l'aperçoivent dès qu'elles tournent dans le corridor. Il se trouve un peu plus loin qu'elles et essaie d'ouvrir la porte d'un vestiaire. Les trois amies s'arrêtent net.

— Nous l'avons trouvé, murmure Karine, mais je ne vois pas le ruban magique!

Le gnome n'a pas remarqué les fillettes

derrière lui, car il est trop occupé à tirer
sur la poignée.

Soudain, la porte s'ouvre brutalement
et le gnome tombe à la renverse. L'air
gêné, il se relève d'un bond et plonge à
l'intérieur. Il claque la porte derrière lui.
Rachel, Karine et Gloria se précipitent
vers le vestiaire.

— N'oubliez pas! Tant que le gnome a
le ruban sur lui, il peut vous geler!
rappelle Gloria tandis que Rachel tend la
main vers la poignée de la porte.

Les fillettes approuvent de la tête. Puis
Rachel tire la porte d'un coup sec et
regarde à l'intérieur. Elle pousse un cri
d'horreur; dans le vestiaire, il n'y a pas
un gnome, mais *sept!*

L'équipe des gnomes

Tout d'abord, Rachel, Karine et Gloria sont si secouées qu'elles en perdent la parole. Elles regardent les gnomes qui sont en train d'enfiler des casques, des chandails rouges, des protège-coudes, des genouillères et des patins.

Soudain, l'un des gnomes lève la tête et

remarque les fillettes. Il pousse un cri de rage :

— Allez-vous-en! Vous ne savez pas que c'est impoli d'espionner les gens pendant qu'ils s'habillent?

Il tend la main pour fermer la porte, mais Rachel l'en empêche.

— Pourquoi mettez-vous des uniformes de hockey? demande Rachel.

— Comme vous êtes ignorantes! répond grossièrement un autre gnome.

Ce ne sont pas des uniformes de hockey, ce sont des tenues de danse sur glace!

— Nous avons belle allure, n'est-ce pas? dit un autre gnome en paradant fièrement dans le corridor.

— Mais ce ne sont pas des tenues de danse sur glace, fait remarquer Rachel. Ce sont les uniformes de l'équipe de hockey sur glace.

Les sept gnomes prennent un air déconcerté et se regardent les uns les autres.

— Peu importe, dit le plus grand gnome d'un ton brusque. Nous formons une équipe de toute façon, l'équipe des gnomes!

— Oui, allez-vous-en et laissez-nous nous habiller en paix! aboie le premier gnome.

Il essaie de fermer la porte, mais Rachel ne lâche pas la poignée.

— Écoutez-moi. Nous vous laisserons en paix si vous nous rendez le ruban magique de Gloria! dit-elle.

Mais les gnomes l'ignorent et continuent à s'habiller. Karine scrute le vestiaire et remarque un petit gnome

dans un coin. Il a du mal à mettre son casque d'une main, car il tient un ruban bleu argenté de l'autre!

— Regardez ce petit gnome! chuchote Karine à ses amies.

— Il a mon ruban! déclare Gloria avec une lueur d'espoir dans les yeux.

— Comment allons-nous le récupérer? demande Rachel d'un ton anxieux. Il nous faut un plan!

À ce moment-là, le plus grand gnome se tourne vers le gnome au ruban.

— Je vais tenir ton ruban pendant que tu finis de t'habiller, propose-t-il avec un air malin.

— Non, c'est moi

qui vais le tenir, dit un autre gnome en poussant le premier.

— Non, moi! hurle un troisième gnome en sautillant maladroitement sur ses patins. Je veux le tenir!

— Non, moi! Non, moi! crient tous les autres gnomes à l'unisson.

— TAISEZ-VOUS! crie le plus petit gnome, furieux. PERSONNE ne tiendra le ruban, à part MOI!

Il sourit d'un air suffisant et ajoute :

— Maintenant, je vais aller danser sur la glace!

Il passe entre les jambes de Rachel et se précipite dans le corridor. Avant que les fillettes aient le temps de réagir, les six autres gnomes les bousculent en se ruant à la suite du petit gnome.

— Poursuivons-les! s'écrie Gloria.

Les trois amies se mettent à courir. Le
premier gnome est rendu au bout du
couloir et disparaît au coin. Les autres
gnomes le suivent de près, titubant et
trébuchant sur leurs patins.

— Plus vite! lance Karine. Nous devons
les empêcher d'aller sur la glace avant
que tout le monde les voie!

Glissades et dégringolades

Karine, Rachel et Gloria se hâtent dans le corridor à la poursuite des gnomes. En tournant le coin, elles aperçoivent la patinoire, et Karine sent son cœur se serrer. Elle voit le plus petit gnome foncer sur la glace en agitant joyeusement le ruban qu'il tient à bout de bras.

— C'est affreux! grogne Karine tandis

que les autres gnomes rejoignent leur ami
sur la glace. Maintenant, tout le monde
va voir les gnomes et nous n'avons
toujours pas récupéré le ruban!

— Nous ne devons pas les quitter des
yeux, murmure Gloria. Nous aurons
peut-être une occasion de leur reprendre
le ruban plus tard.

Elle se cache dans la poche de Rachel.
Puis les fillettes courent jusqu'à la
patinoire.

Les gnomes poussent des cris de joie en
patinant sur l'immense surface de glace.
Rachel et Karine entendent discuter deux
femmes assises près d'elles.

— Je ne savais pas que l'équipe junior

de hockey faisait partie du spectacle d'aujourd'hui. Et toi? demande la première femme. Le garçon à l'avant a beaucoup de talent, n'est-ce pas?

— Oui, mais je croyais que le thème du spectacle était les contes de fées, répond l'autre femme, visiblement perplexe.

— Au moins, les spectateurs n'ont pas remarqué que ce sont des gnomes, chuchote Karine à Rachel avec soulagement.

Les haut-parleurs diffusent encore de la

musique et le petit gnome au ruban
commence à danser en suivant
le rythme. Il patine avec
agilité autour de la
patinoire, exécute une
vrille parfaite, puis
se lance dans une
série de sauts
spectaculaires. Le
public l'applaudit
à tout rompre. Les
autres gnomes
forment une longue
chaîne et se mettent à
l'imiter. Rachel remarque
que le gnome qui est le plus
proche du gnome au ruban ne
tombe pas et parvient
même à faire quelques sauts. Par contre,

le gnome au bout de la chaîne peut à peine rester debout et encore moins danser. Rachel comprend vite que plus les gnomes sont loin du ruban magique, plus ils ont de la difficulté à patiner.

À ce moment-là, le dernier gnome essaie de faire un saut, mais il dérape et tombe. Il glisse le long de la glace et percute un gnome qui lui tombe dessus. Les spectateurs semblent penser

que tout cela fait partie du spectacle.
Ils rient et crient des hourras.

Le gnome au ruban fonce encore tout
autour de la patinoire,
encouragé par les
applaudissements du
public. Il dépasse le
dernier gnome de la
chaîne au moment
où celui-ci se
relève.

En voyant le
ruban flotter devant
lui, les yeux du
dernier gnome
s'illuminent et il se jette
dessus. Mais le gnome au ruban l'esquive
habilement et se rend au bord de la

patinoire; il file à l'autre bout, puis franchit la porte en courant.

— Faisons le tour pour essayer de l'arrêter! suggère Karine.

Les fillettes se mettent à courir autour de la patinoire. Mais lorsqu'elles atteignent l'autre porte, le dernier gnome a déjà quitté la glace. Il tire la langue à Rachel et Karine et se précipite derrière ses amis qui détalent bruyamment dans le corridor sur leurs patins.

— Il y a une autre patinoire au bout de ce corridor, dit Karine à ses amies tout en

courant à perdre haleine. Je crois que
c'est là que l'équipe de hockey s'entraîne.

Les fillettes soupirent de frustration en
voyant les gnomes s'élancer de nouveau
sur la glace. Cette patinoire est plus petite
et des filets de hockey sont placés à
chaque extrémité. Le gnome au ruban se
met à danser merveilleusement bien. Il
fait des sauts et des tours sur les lames

fines de ses patins tandis que les autres essaient en vain de le suivre.

— Nous devons aller sur la glace et récupérer ce ruban! dit Rachel.

— Alors, vous avez besoin de patins! déclare Gloria.

D'un coup de baguette, elle transforme les souliers des fillettes en patins à glace blancs comme la neige.

comme la neige.

Le gnome au ruban file comme une flèche tout autour de la patinoire. Karine et Rachel attendent qu'il passe près de la porte où elles se trouvent. Puis elles s'élancent sur la glace pour essayer de lui arracher le ruban. Malheureusement, le

gnome est si rapide que les fillettes
doivent patiner de toutes leurs forces pour
tenter de le rattraper. Gloria volette à
leurs côtés. Derrière elles se trouvent les
six autres gnomes qui s'efforcent de suivre
leur ami.

— Attention! crie l'un des gnomes. Ces
chipies gagnent du terrain!

Le gnome au ruban regarde derrière
lui, inquiet de voir Rachel et Karine si
proches. Il accélère et patine en décrivant

des zigzags afin que les fillettes ne
puissent pas l'attraper. Rachel et Karine
patinent plus vite et distancent les autres
gnomes.

Comme la magie du ruban est loin
d'eux maintenant, ils se mettent à
trébucher et à se bousculer les uns les
autres. Soudain, le gnome à l'avant du
groupe tombe à la renverse en poussant
un cri perçant. Il fait tomber le gnome
derrière lui, qui percute le gnome derrière

lui et ainsi de suite. Ils s'écrasent tous sur
la glace comme une rangée de dominos.
Ils grognent et s'accusent mutuellement.

— Arrêtez de vous disputer! crie le
gnome au ruban en patinant vers ses
amis. Nous devons nous entraider pour
protéger le ruban de ces chipies! Imaginez
la colère du Bonhomme d'Hiver si nous
rentrons sans aucun ruban!

Les gnomes cessent immédiatement leur
querelle.

— C'est vrai! dit l'un des gnomes. Ces filles sont sournoises. Elles ont fait tomber une lune sur ma tête pour me prendre mon ruban!

— Oui, acquiesce le gnome au long nez. Elles m'ont fait tomber dans une piscine!

— Et moi, elles m'ont fait tomber en me lançant une boule disco, ajoute un autre gnome furieux.

— Et maintenant, elles essaient de me prendre mon ruban! crie le gnome au ruban.

Les sept gnomes fixent Rachel et Karine d'un air mauvais.

— Je crois que le moment est venu de

transformer ces filles en bâtonnets glacés!
suggère le plus grand gnome tandis que
les autres se remettent debout avec
difficulté.

— Ah oui! s'exclame le gnome au
ruban avec enthousiasme en s'arrêtant
à côté de ses amis. J'avais oublié que je
pouvais faire ça!

— Attention, les filles! crie Gloria.
Ce sont eux qui nous pourchassent
maintenant!

Rachel et Karine s'élancent sur la glace tandis que les gnomes se donnent la main et foncent à leur poursuite.

— Nous sommes juste derrière vous! hurle le gnome au ruban.

— Gèle-les! Gèle-les! crient les autres gnomes.

Rachel et Karine se dirigent vers la porte pour quitter la patinoire, mais les gnomes y arrivent avant elles et leur barrent le chemin. Les fillettes échangent un regard désespéré. Elles sont piégées!

— Eh! Les filles! lance Gloria en agitant sa baguette au-dessus d'elles, volez jusqu'à moi!

Le gnome au ruban fonce alors sur les fillettes en criant : « GELEEEEEZ! »

Au même moment, Rachel et Karine sont entourées d'une nuée d'étincelles

bleutées. Elles se
transforment
immédiatement
en fées aux ailes
délicates et
s'empressent de
rejoindre Gloria.

— Revenez! crie
le gnome. Je voulais vous geler!

Il bondit en l'air, mais à sa grande
déception, ses doigts tendus manquent de
justesse les fillettes.

— Veuillez regagner vos sièges,
annonce une voix dans les haut-parleurs.
Le spectacle va commencer dans trois
minutes.

— Le spectacle va commencer! s'écrie
Karine. Justine sera bientôt sur la glace.
Nous devons récupérer le ruban!

Les gnomes tombent dans le filet

Rachel regarde autour d'elle avec désespoir et voit l'un des filets de hockey.

— J'ai une idée! s'exclame-t-elle en montrant la cage. Gloria, quand je te donnerai le signal, peux-tu utiliser ta magie pour faire basculer ce filet?

Gloria hoche la tête, puis elle virevolte pour se rendre juste au-dessus du filet.

— Suis-moi, Karine, chuchote Rachel.

Karine hoche la tête et sourit. Elle se
doute de ce que son amie prépare.

Rachel et Karine descendent et
volettent juste au-dessus des gnomes en
faisant attention de rester loin de celui
qui tient le ruban.

— Vous ne pouvez pas m'attraper!
lance Rachel.

— Moi non plus! renchérit Karine.

Les gnomes ont l'air furieux. Tous les
sept s'élancent et essaient désespérément
d'attraper Karine et
Rachel. Les fillettes
papillonnent au-dessus
d'eux. Ils bondissent en
tendant les bras. Petit
à petit, elles les
attirent vers le filet
de hockey où Gloria
attend.

— Vite, Karine!
murmure Rachel.
Va dans le filet!

Les deux amies

foncent droit dans le filet. Les gnomes les suivent sans hésiter.

— MAINTENANT, Gloria! s'écrie Rachel.

Un nuage d'étincelles féeriques jaillit de la baguette de Gloria et renverse le filet. Il tombe sur les gnomes et les emprisonne, tout comme une cage. Rachel et Karine sont suffisamment petites pour passer à travers les mailles. Elles rejoignent Gloria dans les airs.

— Laissez-nous sortir! crient les

gnomes furieux en poussant et en tirant
le filet. Mais il n'y a rien à faire.
Le filet est trop lourd pour
qu'ils puissent le soulever.
Karine remarque
alors une étincelle
bleue au milieu de
l'enchevêtrement
des bras et des
jambes des gnomes.
Elle descend, passe
la main à travers
le filet et attrape
le ruban magique.
Gloria tape des
mains de joie quand
Karine lui tend son
ruban. Elle le rattache tout
de suite à sa baguette et il se

met à luire d'un magnifique éclat bleuté.

— Mon ruban est en sécurité! soupire joyeusement Gloria tandis que les trois amies se rendent au bord de la patinoire. Toutes les fées de la danse ont retrouvé leur ruban grâce à vous, les filles. Maintenant, vous devriez aller voir Justine danser. Je vais mettre un peu d'ordre ici.

Elle agite sa baguette. Karine et Rachel retrouvent instantanément leur taille humaine et leurs souliers habituels. Elles regardent la magie de Gloria soulever le filet et libérer les gnomes. Ils se relèvent en grommelant.

— Partons d'ici! marmonne l'un d'entre eux.

L'air sombre, ils se mettent à patiner, mais sans la magie du ruban pour les aider, ils ne cessent de trébucher et de tomber dans tous les sens!

— Arrêtez! crie soudain Gloria. Vous ne partirez pas avec cet équipement de hockey sur le dos!

D'un autre coup de baguette, elle retire les uniformes, les casques et les patins des gnomes, qui tombent sur la glace avec fracas.

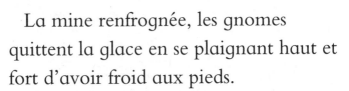

La mine renfrognée, les gnomes quittent la glace en se plaignant haut et fort d'avoir froid aux pieds.

— Les filles, je dois aller annoncer la bonne nouvelle au Royaume des fées, déclare Gloria. Mais ne vous inquiétez pas, vous reverrez bientôt les fées de la

danse, peut-être même plus tôt que vous
ne croyez!

Elle agite sa baguette et dit au revoir
de la main avant de disparaître dans une
nuée d'étincelles bleues.

— Nous avons réussi, Karine! s'écrie
Rachel, l'air réjoui, alors qu'elles
retournent à la patinoire principale. Nous
avons trouvé les sept rubans de la danse!

Karine a la mine réjouie elle aussi.

— Maintenant, toutes les danses
devraient bien se dérouler, y compris la
danse sur glace. Allons encourager
Justine!

Une performance parfaite

— Justine est vraiment fantastique!
murmure Karine à Rachel en regardant
la jeune fille.

Celle-ci vient de faire un autre saut
impressionnant. Elle atterrit parfaitement
sur la glace et se met à tourner sur elle-
même à toute vitesse.

Les spectateurs applaudissent, et Karine

et Rachel se joignent à eux avec
enthousiasme.

— Elle est extraordinaire! s'exclame
Rachel quand la musique s'arrête et que
Justine salue.

Karine sourit.

— Nous devrions aller la féliciter à
l'entracte, suggère-t-elle.

Après le numéro du petit chaperon
rouge et du loup et celui de Cendrillon et
de ses méchantes demi-sœurs, c'est le

moment de l'entracte. Rachel et Karine
se dépêchent d'aller voir Justine. Elles la
trouvent dans sa loge en
train d'accrocher ses
patins.

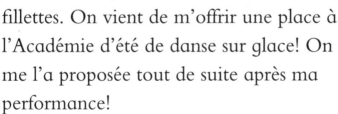

— Vous ne
devinerez jamais ce
qui vient d'arriver!
s'exclame-t-elle
avec un grand
sourire en voyant les
fillettes. On vient de m'offrir une place à
l'Académie d'été de danse sur glace! On
me l'a proposée tout de suite après ma
performance!

— Ça ne m'étonne pas, dit
joyeusement Karine. Tu as été
formidable!

— Et tout le spectacle se déroule très bien, ajoute Rachel en souriant.

— Tout le monde semble patiner beaucoup mieux aujourd'hui. Je vais aller regarder le reste du spectacle avec vous après m'être changée.

Rachel et Karine hochent la tête, sortent de la loge et retournent à leur place.

— Gloria nous a dit que nous reverrions les fées de la danse plus tôt qu'on ne croirait, fait remarquer Rachel d'un ton songeur. Je me demande pourquoi.

Karine s'arrête pour acheter une
boisson à un distributeur automatique.
Elle appuie sur le bouton et la machine se
met à vibrer et
trembler. Puis, des
étincelles dorées
l'entourent.

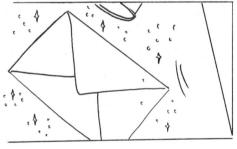

— La magie
des fées!
murmure
Rachel, les yeux
écarquillés.

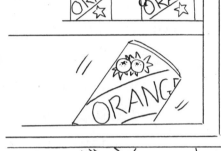

Les fillettes
regardent avec
stupéfaction une
enveloppe dorée tomber au bas de la
machine avec la cannette de jus. Karine
bondit et passe la main sous le battant
pour prendre l'enveloppe.

— Nos noms sont écrits dessus!
s'exclame-t-elle, ébahie.

— Ouvre-la! dit vivement Rachel.

Karine ouvre l'enveloppe et toutes les
couleurs de l'arc-en-ciel s'en échappent.
Puis, un visage commence à apparaître
parmi les couleurs.

— C'est la reine Titania! s'exclame
Rachel dans un souffle.

— Hé! Regarde! dit Karine en riant.
Les fées de la danse sont là aussi!

La reine sourit tandis que les fées de la
danse volettent autour d'elle en agitant
gaiement la main.

— Les filles, vous nous avez aidées une fois de plus, déclare la reine. C'est pourquoi nous aimerions vous inviter au Royaume des fées pour une journée de danse avec les fées de la danse.

— Oh! Avec plaisir! s'exclament Rachel et Karine en chœur.

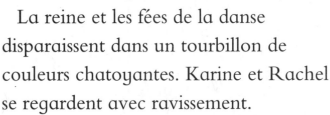

— Alors nous viendrons bientôt vous chercher! ajoute la reine en riant. Merci beaucoup!

La reine et les fées de la danse disparaissent dans un tourbillon de couleurs chatoyantes. Karine et Rachel se regardent avec ravissement.

— J'ai tellement hâte! dit Rachel, les yeux brillants. Ce sera si amusant d'apprendre différentes sortes de danses!

Karine sourit.

— Nous vivons de belles aventures
féeriques ensemble, n'est-ce pas? dit-elle.

Rachel hoche la tête.

— Et j'ai l'impression que ce n'est pas
la dernière, non plus! ajoute-t-elle
gaiement.

LE ROYAUME DES FÉES
N'EST JAMAIS TRÈS LOIN!

Dans la même collection

Déjà parus :

LES FÉES DES
PIERRES PRÉCIEUSES

India, *la fée des pierres de lune*
Scarlett, *la fée des rubis*
Émilie, *la fée des émeraudes*
Chloé, *la fée des topazes*
Annie, *la fée des améthystes*
Sophie, *la fée des saphirs*
Lucie, *la fée des diamants*

LES FÉES DES ANIMAUX

Kim, *la fée des chatons*
Bella, *la fée des lapins*
Gabi, *la fée des cochons d'Inde*
Laura, *la fée des chiots*
Hélène, *la fée des hamsters*
Millie, *la fée des poissons rouges*
·Patricia, *la fée des poneys*

LES FÉES DES
JOURS DE LA SEMAINE

Lina, *la fée du lundi*
Mia, *la fée du mardi*
Maude, *la fée du mercredi*
Julia, *la fée du jeudi*
Valérie, *la fée du vendredi*
Suzie, *la fée du samedi*
Daphné, *la fée du dimanche*

LES FÉES DES FLEURS

Téa, *la fée des tulipes*
Claire, *la fée des coquelicots*
Noémie, *la fée des nénuphars*
Talia, *la fée des tournesols*
Olivia, *la fée des orchidées*
Mélanie, *la fée des marguerites*
Rébecca, *la fée des roses*

LES FÉES DE LA DANSE

Brigitte, la fée du ballet
Danika, la fée du disco
Roxanne, la fée du rock'n'roll
Catou, la fée de la danse à claquettes
Jasmine, la fée du jazz
Sarah, la fée de la salsa
Gloria, la fée de la danse sur glace

ÉDITIONS SPÉCIALES

Mia, la fée des demoiselles d'honneur
Juliette, la fée de la Saint-Valentin
Clara, la fée de Noël
Sandrine, la fée d'Halloween
Pascale, la fée de Pâques
Véronica, la fée des vacances
Blanche, la fée des neiges